청춘야학

시

삐뚤빼뚤 가갸거겨 인생

2019 장애인 창작집 발간지원 사업 선정 작품집

삐뚤빼뚤 가갸거겨 인생

1쇄 발행일 | 2019년 12월 31일

지은이 | 선옥희 외
펴낸이 | 정화숙
펴낸곳 | 개미

출판등록 | 제313-2001-61호 1992. 2. 18
주소 | (04175) 서울시 마포구 마포대로 12, B-108호(마포동, 한신빌딩)
전화 | (02)704-2546
팩스 | (02)714-2365
E-mail | lily12140@hanmail.net

ⓒ 선옥희 외, 2019
ISBN 979-11-90168-05-2 03810

값 10,000원

주최 | 대한민국 장애인 창작집필실
주관 | 장애인인식개선오늘(고유번호 305-80-25363. 대표 박재홍)
심사 | 발간지원 사업 심사위원회
후원 | 대전광역시, 대전문화재단, 갤러리예향좋은친구들, 문학마당, 한국장애인
　　　문화네트워크, 드림장애인인권센터, 대전광역시버스사업운송조합, (주)맥
　　　키스컴퍼니

문의 | (042)826-6042

청춘야학

시

삐뚤빼뚤 가갸거겨 인생

선옥희 외

개미

유협의 문심조룡 原道第一에 첫 문구다. "文之爲德也
大矣(문지위덕야대의) : 문의 덕됨은 크다."라고 말하며
"與天地並生者何哉(여천지병생자하재) : 그것이 천지와 함
께 난 것은 어째서인가"라고 되묻습니다.

靑春學校(청춘학교 교장 전성하)는 대전광역시에 교육장
을 두고 지역의 문해교육을 실시하는 곳이다. 금번 동인
지는 『삐뚤빼뚤 가갸거겨 인생』 韻文編(운문편)과 『그땐
그랬지』 散文編(산문편) 두 권이 전문예술단체 〈장애인인
식개선오늘〉의 '장애인창작활동지원 사업에 선정'되어 발
간하게 되었습니다.

중도에 학업을 중단하거나 형편상 학교 교육을 받지
못한 장애인과 비장애인 노인분들의 작품집이 문학의 정
수에 그 갈급함이 닿아있어 참으로 "文之爲德也大矣(문
지위덕야대의) : 문의 덕됨은 크다."라고 말할 수 있게 되
었고, 그 깊이가 인생이 닿아있어 "與天地並生者何哉(여
천지병생자하재) : 그것이 천지와 함께 난 것은 어째서인

가"라고 묻는 질문에 답을 이루고 있었습니다.

전문예술단체 〈장애인인식개선오늘〉이 장애인의 창작 활동을 지원하는 프로그램을 통해 장애인의 문화콘텐츠 제작을 위한 창조적 문화예술 활동으로 성장하면서 인정받게 된 것은 장애인 어느 한 개인의 역량만으로 가능한 것은 아닐 것입니다.

곧 〈장애인문학〉의 대중화를 이끌어 낸 최초의 사례가 된 것입니다. 즉 장애인 문화예술교육 활동의 기회제공, 이들의 작품성으로 인한 대중적 접근성을 신장하였고 문화예술계 전반에 참여할 수 있는 전반의 역량 강화에 이바지를 한 것입니다.

또한 이와 같은 사회참여 과정은 장애인과 고령화 사회의 노인이 작가와 독자가 되어 보다 풍요로운 삶을 영위할 것이며 동시에 사회통합과 공동체 사회의 이념을 다듬어 나가는 초석이 될 것입니다.

끝으로 대전광역시의회, 대전광역시, 재단법인 대전문화재단의 지원에 깊은 감사를 드립니다.

2019년 12월
전문예술단체 〈장애인인식개선오늘〉
대표 박재홍

이 작품집을 글을 배우고 처음 마음을 내어놓은 분들에게 바칩니다. 또, 세상을 향해 숨은 학업의 꿈을 고령에도 이어 가며 '나는 이런 사람이다'라는 울혈을 이해하는 모든 분들에게 바치며 아직 청춘학교에 오지 못하신 분들게 용기가 되기를 바랍니다.

2019년 12월
출품작가 일동

삐뚤빼뚤 가갸거겨 인생
차례

1부

처음 글을 쓴 마음 앞에 있는 사람

청춘학교 검정고시반 외2

선옥희

그만둘라고 했는데 한자 한자 한글공부
배우는 게 행복해요

친절한 선생님들 최고예요
계속 다니고 싶어요

성경책만 읽으면 그만둘라고 했는데

재미있고 용기 나고
중학교 고등학교까지
배우고 싶어요

손자에게

할머니가 손자한테 편지를 쓴다
사랑한다
병현이도 할머니가 사랑한다

임선미 권사님께

'권사님 감사합니다'

언제나 많이 기도해주셔서
감사합니다.

저도 건강하시길 많이 기도합니다.

처음 글로 쓴 편지

강복례

남편 사랑합니다
아들 사랑합니다
내가
몸이 너무 아파서
미안합니다

아들,
아빠 엄마도 사랑하는 거 알지?

우리 세 식구 살 때까지 건강하자

금요장터 외1

박금선

나는 금요시장을 본다 슈퍼마켓보다 금요장을 이용한
다.

왜냐하면 과일이며 주로 채소가 싱싱하기 때문이다.

꽁치가 7마리에 5000원, 갈치가 2마리가 15000원,
고등어 한 손에 7000원이면 살 수 있다.

나는 꽁치 갈치 고등어를 샀다.

야채는 상추 열무 얼갈이도 사고 돼지고기도
두 근 사가지고 집에 와서
저녁 반찬을 만들어 남편과 저녁밥을 맛있게 먹었다.

나는 다음 금요장날이 기다려진다.

신랑님에게

신랑님 아프지 말고
건강하게 남은 생
행복하게 살아봅시다.

애들이랑도
잘 살아봅시다.

공부 외1

이정우

몸만 안 아프면 해야지 하며, 인제 배웠는데 암것도 모
르는데
그래서 더 열심히 배워야지.

엄마 주무셔야지요 하고
치매 걸린다고
우리 딸이 10시면 불을 끄는데
일어나면 공부해야지.

눈은 침침해도
계속 몸만 안 아프면 해야지.

우리 딸

사랑합니다, 우리 딸.

항상 사랑하는 우리 딸 매일 고생시키구
엄마가 딸이 매일 하는 말을 못 알아 듣고
재차 또 묻고 다시 또 묻고
신경 쓰게 하니까 미안하다.

엄마, 아빠한테 신경 쓰고 고생하는 게
엄마가 다 알지만 딸에게 항상 죄송하고
안타깝지만 어떡하겠니,

부모니까 신경 쓰는 걸 알면서도 죄송한 줄 알지만
엄마가 늙어서 어쩔 수가 없다.

항상 미안하다.

아침마다 차 태워다 주고 말로 다할 수가 없다.
여기까지다,

안녕.

결석

이순예

짜증나요, 학교 다니는데

왜냐면, 머릿속에 안 들어가고
모르겠어서 짜증나요.

알아야 재미있는데,
안 빠지고 와야 하는데
속상해요.

날마다 댕기고 싶어요

정풍년

소망반에서 다같이 앉아 공부를 한다.
한글 공부 배우면서
하루 빠지고 이틀 빠지고
기를 쓰고 오는데
선생님께 미안해요.

날마다 댕기고 싶어요.

소원

김순이

교실에서 다같이 만나 ㄱㄴㄷ

느타리 시누이
배우니까 좋아요.

이대로 배워서
노인대학까지 꼭
가고 싶어요.

감사합니다 외5

정문자

기역자도 모르던 내가 청춘학교에 다니게 되어
편지를 쓰게 된 것을 기쁘게 생각합니다.

교장님과 선생님들에게 고맙게 생각합니다.

어머니의 장독대

어머니의 된장이 맛있어요.
고추장이 맛있어요.

우리 어머니 손맛이 좋았다.

어머니 보고 싶다.

나의 즐거움

사는 것이 바빠서 배움이 늦어졌다.

지금이라도 배울 수 있는 청춘학교가 있어서 너무 고
맙다. 아침이 되면 빨리 학교에 가고 싶은 생각에 마음이
바쁘다.

좋은 선생님을 만나서 수업시간이 아침은 즐겁게 힘이
나지만
학교를 마치고 집에 가는 길은 너무 무겁다.

공부를 잘해서

모든 걸 읽고 쓰고 하면
좋겠다 편지도 쓰고 싶고
애들한테 안부를
전해보고 싶다

여름

생각이 안 나네
너무, 수박이 생각이 나네
시원한 수박 참외
친구들이랑
먹고 싶다.

딸에게 어머니가

희숙아 엄마가 처음 써보는 거다.
나는 맨날 너 땜에 가슴이 아프다.
우리 딸 사랑한다.

농사 외3

최일선

농사짓는 사람 옛날에는 몸으로 했는데
지금은 기계로 해서
덜 힘들지만 그래도
지금 사람들은
힘들다고 하니,

모를 일이다.

늦었지만 이제라도

배우기를 잘했다.

가난해서 못 가르쳤나 여자라서 안 가르쳤나
답답하게 살았구나,
나는

수박

여름 날씨 너무 더워서
수박이 생각이 나네.

물에 동동 띄워서
한입 꽉!
먹고 싶다.

조은수에게

처음으로 편지를 써 본다.

늘 건강해라,
잘하고 있다.

엄마가 말을 할 줄 몰라서
항상 얘기하다 보면
널 속상하게 한다.

미안해, 니가 이해를 해라.
사랑한다,
엄마가

교장 선생님께 외2

손정례

글씨도 볼 줄 알고
집에 혼자 있으면 적적한데
빨리 학교 오고 싶고
몸이 덜 아플 때까지
열심히 해보겠습니다.

몸 건강하세요, 존경합니다.

시장에 가면

옛날 일이 생각난다.

물건을 사서 맡겨놨다가 도둑맞은 일,
버스에 물건을 두고 온 일,
지금은 다 지난
그리운 일이 되었다.

나리꽃

새참 이고 가시는 어머니
나리꽃이 예뻐
꽃을 따달라 졸랐다

아들에게 외1

주창남

아들, 힘들어도 지혜롭게
즐겁게 지혜롭게 지내라

이겨야 복이 온다

시장에 가서

새벽 시장에 가 고추 사고 택시를 타서 바쁘게 왔다

물에 씻어 마루에 널고 나니
내 마음이 후련하다.

아침도 굶어가며 학교에 와서
공부하다 보니 꼬르륵 꼬르륵
옆에 앉은 형님이 갖고 온
떡을 맛나게 먹으니
든든하다.

정봉교 사랑하는 아들에게 외2

박호심

항상 건강해라.

애들 잘 키우고
직장에 열심히 다니고
엄마 아빠에게
손 안 벌리고 항상
너무 고맙다.

엄마가

유성장에 가면

미나리, 고추, 가지, 점심으로 보리밥을 먹으로 가면
아줌마, 아저씨, 할머니, 할아버지들의 구수한 이야기
꽃을 피운다.

그래서 나는 유성장이 좋다.

또, 다양한 물건들이 많아요.

농사

모심을 때 새참 가지고 갈 때 그릇 모자라
감나무 잎사귀 그릇에
반찬 담았던 생각이 난다.

장독대 외2

박진순

어머니의 된장 맛있게 먹었고,
배추김치 맛있게 먹었다.

어머니 보고 싶어요.

교장 선생님께

추운데 우리들을 가르쳐 주서서 감사합니다.

공부에 한이 맺혔다. 글을 몰라서 누굴 만나도
자신이 없었다.

그러다 보니 몸이 안 아프고 건강하게
공부 잘하고 싶다.

나의 즐거움

지금 나는 청춘학교를 다닌다.

살아온 삶을 되돌아보니, 내 나이 벌써 팔순이구나.

못 배워 서러웠던 눈물이 한강만 못하라.

지금 나는 청춘학교에 왔다.

배움 또한 힘들고 저승갈 때 이승에 미련을
조금이라도 남기지 않기 위해 공부한다.

봄이 좋다 외2

김순성

꽃이 핀다, 다시 살아난다.
기분이 좋아요.

겨울 돌아 봄 오면 모두 반갑다.

복숭아 꽃 핀 곳에도
새봄이 올 것이다.

나는 좋은 기분이다, 내일 소풍 간다.

농사

농사지을 때가 좋았던 것 같다.

콩서리도 하고, 요즘에서 생각하니
그 시절이 좋았다.

내 고향 충청북도 단양.

야학 댕기고 나서

다달이 고지서도 잘 보고
은행 가서 돈도 찾고 자신감이 생기면
며느리 보기가 더 떳떳할 것 같다.

손주들과 문자도 하고 싶다.

아들에게

사랑하는 아들아
날씨가 점점 추워지는데
아들아 잘 지내고 있느냐.

그리고 손자들도 잘 지내고 있지?
엄마도 잘 있단다.

며느리야 추운데 몸조심하고
그리고 김장은 어떡할래?
김장할 때 연락해라.

그럼 할 말은 많으나 이만 줄이겠다,
그럼 모두 건강하게 잘 지내고
다음에 만날 때까지 잘 지내자,
엄마가

청춘학교 다녀서 좋은 점 외2

송찬례

선생님들 만나서 좋고,
형님들 동생들 친구들 만나서 좋고,
함께 배워서 행복해요.

마음이 상쾌해지고
활력소가 생겨요.

날아다니는 기분이에요.

내 이름 석자 쓰는 것도 무서웠는데
청춘학교 와서는 안 무서워요.

자신감이 생겨요.

우리 청춘학교 교장 선생님 모두
우리 모두 다 선생님들 한 분 한 분
정말로 감사합니다.

막내딸 박현에게

사랑하는 딸 잘 지내고 있니?
기다리다 보면 집이 잘 팔릴거야.

너무 걱정마라, 건강해칠까 봐 걱정이 된다.
감기 조심하고 이만 줄인다.

사위도 고생이 많겠지만
좋은 날이 올거야.

행복

박순진 선생님 나의 선생님 감사합니다.
오늘 학교를 가서 너무 좋았다.

박순진 선생님이 점심을 사주셨다.

그리고 또 커피집에 가서
비싼 커피도 사주셨다.

너무 고맙게 잘 마셨다.

박순진 선생님 너무 고맙고,
친구들도 너무 좋았습니다.

오래오래 즐겁게 살아요.

이사

이순옥

사랑하는 딸 잘 지내고 있니?
좋은 집을 사서 이사하느라 고생많았지.
사위도 함께 고생 많았다.
손자가 대학에 잘 되었으면 좋겠다.
늘 건강하고 행복해라.

청춘이 되었구나 외2

이을순

꽃은 피고 지고 내 젊은 청춘은
어디로 가고 칠순이 되었구나

때늦은 나이에 공부를 하려보니
머릿속은 깜깜 생각이 안 나구나

답답함은 잠시 뿐 학우들과 배움도
즐겁게 웃고 놀고 혼자 아닌 함께라서
하루가 재밌구나

하루에 한 자씩 배우려는 내 마음
대견하구나 기특하구나
내 나이 칠십에
청춘이 되었구나

배우지 못해서

당당하지 못했다 몸은 아픈데 병원 가서
쓸 수도 없었다

창피했다

글 많이 배워서 건강검진 때
잘 써 내고 싶다

사랑하는 아들

잘 지내고 있니? 건강했으면 좋겠다.

운전 조심하고 즐거운 마음으로 일 잘해라.
전화 좀 자주하고, 감기 조심해라.

선생님께

이선희

안녕하세요. 수업 늦게 오는 저를
잘 가르쳐 주셔서 감사합니다.

책도 주셔서 읽어보라 해주시고,
고맙습니다. 사랑합니다.

사랑하는 성진에게

손점예

성진아 얼마나 힘드냐? 할머니는 네 생각만 해도 마음
이 아프다.

우리 사랑하는 성진이 할머니 생일 때나
학교 끝나고 늦은 시간에도
케이크를 사와서 시간을 보내줘서 고마웠다.

고등학교 2학년인데 공부도 열심히 해야겠지?

2부

나는 이런 사람이다

청춘학교에서

정명분

공부를 해서 한글을 빨리
알고 싶습니다

그리고 회관에서 일을 잘했으면
좋겠습니다.

평화1 외7

허복자

나는 한국이 싸우지 말고 평화롭게 살았으면 싶다.
싸우지 말고 화목하게 살고, 우리나라가 평화로와야
후손들이 평화롭게 잘 살 수 있다.

내 마음은 전쟁이 나면 평화롭지 않다.

우리나라는 전쟁이 안 나야 한다.
그래야 온 국민이 평화로운 나라에서
행복하게 잘 살아갈 수 있다.

평화2

    나는 전쟁이 나서 공부를 못했고, 먹구 살기가 힘들어서 공부를 못했습니다.
    할머니가 되어서야 공부하고 있습니다.

    그래서 나는 평화롭게 사는 것이 좋아요.
    우리나라가 평화롭게 잘 살아야지,
    아이들도 잘 놀고,
    노근리에도 평화롭게 잘 살지요.

    우리나라는 전쟁이 안 나요.

평화롭게 살자

나는 전쟁을 한 번 겪어본 할머니다.

그래서 한국이 싸우지 말고 평화롭게 잘 살고 싶다
우리나라가 전쟁이 나지 말고 평화롭게
잘 살기를 바란다.

후손들이 평화롭게 살 수 있고, 만일 전쟁이 나면 각자
뿔뿔이 헤어지고
6.25 전쟁처럼 각자 이산가족이 생길 것이다.

그래서 전쟁이 나지 않게 하려 후손들이 평화롭게
살기를 바랄 뿐이다.

평화로워야지 노근리 나무가 잘 살 수 있다

생각

'늦었다고 생각한 때'가 담긴 속뜻을 생각해 봅시다.
공부를 해야지.

공부 교장

나는 숙제를 안 내줘서 못했고,
교장 선생님이 숙제를 내주지 않았다.
숙제를 내주면 잘할 것이다.

이제는 허리가 아파서 숙제를 못한다.

겨울 김장

오늘 학교에서 김장김치를 담았다.

김치가 많았다,
고추가 맵다.

김치는 아주 맛나다.

청춘학교

나는 청춘학교를 2017년 3월 2일 날 갔다.

청춘학교 교장 선생님이 많이 가르쳐 주셨다.
나는 공부를 하기 싫어서 안했다.
공부가 하기 싫다.

돈이 없어서가 아니고 그냥 하기 싫다.

그래도 시집와서 아들딸 낳고 잘 살고 있다.
엄마 안 닮았다.

손자 손녀들도 공부를 잘하고 있다.
그리고 나는 청춘학교 교장 선생님이
모르는 할망구를 잘 가르쳐 주셨다.
고맙습니다.

내 손녀 손자들이다. 이쁘지?

청춘학교2

청춘학교에서 산다는 것은 누군가와 손잡는다는 것을
배웠다.

교장 선생님과 손잡고 배워서 좋고,
글을 모르는 우리를 가르쳐 주셔서 고맙습니다.

우리도 선생님 구두 만들자.

나는 이런 사람이다 외7

이전순

나이가 억울합니다 초등검정고시 합격이
나의 꿈입니다.

꿈을 이루려면 나의 눈이 더 바빠지겠지요.

불면

잠이 안 온다 그래서 창가를 보면 꽃잎이 보인다.

우리집 창가에 아른거리는 꽃잎 사이로
이름 모를 나비 한 마리가 꽃잎 화분에 앉아 나를 보고
날개를 흔들며 방긋방긋 웃는다.

그런데 왜 갑자기 눈물이 날까

어쩌면 하늘나라 그이가 나비가 되어 공부하기 힘들지
나를 위로하러 온 거 같다.

길자가 꽃이 되다니 세상에 그런 꽃은 처음입니다.

글 창고

아침에 쌓았다가 저녁에 열어보면 빈 창고
낑낑대고 만들어서 어렵게 들여놓으면
다음날 도망가고 없는 글 창고

반추

구름은 가도 별은 남는다
밤은 가도 꿈은 남는다.
너는 가도 추억은 남는다.

어린시절의 기억

우리집은 종갓집으로 대가족이었다. 우리 형제는 5남매인데 나는 막내라서

엄마가 항상 아무것도 못하게 했다. 나는 언니들을 도와주고 싶어도

엄마는 우리 아버지가 세 살 때 돌아가셨다고 막내라서 안타깝다고

아무것도 못하게 한 것이 제일 생각이 난다.

그리고 엄마가 해주신 겨울에 자주 먹던, 엄마가 땅에 묻은 그 총각김치 생각이 많이 난다. 그래서 내가 가끔 담아 보아도 그 시절 그 맛이 안 난다.

친구

오늘은 한글 공부하는 날 선생님과 친구들 웃음소리로
시끌벅적해지네

저녁을 저년이라 쓰고 호호호 참새를 촉새라 쓰고 하
하하
고사리를 고살리라 쓰고 해해해 너도 틀렸냐? 나도 틀
렸다.

우리 모두 틀렸으니 친구 맞구나 매화도 동백도 아닙
니다.

그 무슨 꽃도 아닙니다. 소리가 꽃이 되었습니다.
신이 났습니다. 신바람이 났습니다.

온몸이 들썩거립니다. 가자 가자 가자 글 배우러 가자
꽃이 되어 가자. 씽씽가자 온 동네 사람들 꽃이 되었습
니다.

온 동네 산천이 춤을 춥니다 노래하며 덩실덩실 춤을
춥니다.

2019년 11월 20일

자, 미역국을 끓여보자 옛날에는 행사,
생일 산모들만 미역국을 먹었다.

지금은 아무 때나 먹을 수 있고 아들 낳고 먹는 미역국
은 더 맛있고
딸 낳고 먹는 미역국은 어딘가 좀 미안했다고 했다.

옛날 어르신들 말씀
지금 시대는 딸이 더 우선이라고 한다,
좋은 시대다.

나는 새 인생을 산 것 같다

나는 강신태가 아니였다.

나는 강석우 엄마였다.

나는 강현구 할머니다.

나는 교복을 입고 수학여행을 가서 선생님들하고 친구들하고

사진도 찍고 구경하니까 내가 이팔청춘 같다.

꿈에도 생각지 못했던 꿈이 이루어졌다.

나는 이런 사람이다 외1

김경례

여러 선생님께 죄송합니다
시험에 떨어져서요
그래도 끝까지 할 것입니다

요즈음 사는 것이 좋은 것 같아요
공부하는 재미가 있어요
학교에는 글을 배우러 왔습니다.

나는 어린시절 돈 벌러 다니느라 공부를 못했습니다
잘 배우면 이제 나 글을 잘 쓰겠지요.

너무 힘이 들어서

세 번이나 죽으려고 했었다.

장사하는데 돈이 없어서 윗돌 빼서 아랫돌 괴고
아랫돌 빼서 윗돌 괴고 살았다.

이제 공부하면서 좋은 점 있다면
자신감이 생겨서 참 좋다.

모든 세상의 것들이 밝아보였다.
삶의 의미를 알 수 있었다.

나는 이런 사람이다 외3

송미호

나의 고향은 청원군 광석면 지장리 아주 작은 산골 마을에서 태어났다.

나는 지금 공부를 하려고 노력을 많이 한다 그런데 머리가 잘 따라주지 않는다.

나는 내가 하는 음식을 좋아하고, 나는 늘 성경을 12시에 읽거나 쓴다.

나는 잘생기지 못했는데 남들은 어찌 된 일인지 나를 잘 봐준다.

나는 항상 나비처럼 춤추며 살겠다.

호박꽃

학교 가는 길에 노랑 호박꽃이 자태를 자랑하면서
나에게 방긋방긋 웃고 있네

꽃 사이에 벌 나비가 너울너울 춤추고
날아와 사랑을 속삭여 주네

초여름 호박꽃 나이 많은 여인 보고
호박꽃이라 하지 않던가?

그래도 오늘 본 호박꽃은 참 점잖은 선비같이
우아하고 멋진 꽃이었지

하늘나라에 계신 할머니 할아버지께

하늘나라에 계신 할아버지 할머니께 처음으로 이 편지
를 씁니다.

저는 할머니의 사랑을 많이 받았는데
옆에 계시지 않아서 효도도 못해 드리고
보답도 못해 드려서 아쉽습니다.

늘 나에게 사랑을 주시던 할아버지 할머니
지금도 생생합니다.

제가 15살 때는 결혼한다고 옷감을 떠다가 두셨지요
나중에 노랑저고리, 빨간 치마천을 끊어주시고요.

늘 좋은 이야기 들려주시던 할아버지
인생의 교훈을 많이 들려주시며
제게 인생교육을 해주셨습니다.

그래서 지금은 할아버지 말씀들을 생각하면서

저도 아이들한테도 그 이야기를 들려주고 있어요.

하얀 찔레꽃

봄바람이 살랑살랑 넘노는 산언덕에
찔레꽃이 송이송이 눈을 틉니다.

벌 나비가 입맞추자고 너훌너훌
춤을 추며 날아옵니다.

이렇게 살자 외7

이영임

서로를 사랑하며 살자. 다 같이 얼굴 보며 웃으며
지나간 옛이야기하며 서로를 아껴주고 안아주고
나보다 부족한 사람 도와주고 이해하고
다시 한번 돌아보고 웃으며 살자.

나의 어린시절

　가난한 집에 태어나 엄마마저 일찍 돌아가시고 새엄마가 오셨다. 새엄마가 낳은 동생 업어 키우느라 나는 학교를 못 갔다.

　다른 친구들은 학교에 다 갔는데 나만 못 갔다. 나는 친구들이 학교 갔다 오는 길에 마주치면 괜시리 골목 뒤로 숨었다. 지금 생각해보니 그때는 학교 못 간 게 참 부끄러웠다.

공부바람

나는 가시나무새는 시가 너무 슬퍼서 싫다.
나는 나비란 시가 좋다.

춤을 추며 살아가는 나비는
내가 살아가는 나의 생활과 같다.

나는 지금 바람이 났다.
내 마음에 바람 바람이 마음에 났다
손녀는 할머니는 늦바람이 났다고 한다.

나는 청춘학교에 가는 게 너무 좋다
그것도 바람이라고 생각한다.

나는 공부바람이 났다.
나는 공부가 좋다.

손녀하는 말이 그렇게 공부하면
대학도 수석합격하겠어요.

할머니는 공부바람 났어요.
나는 이 바람 저 바람해도
공부바람이 제일 좋다.

결혼 후 행복한 순간

아이 키울 때가 제일 행복했다. 아들 하나에 딸 둘을 잘 키웠다. 공부도 잘해 주었다. 시험 볼 때마다 합격했다. 대학 처음 붙었을 때가 제일 행복했다. 시험 봐서 취직도 하고 첫 월급도 타 왔다. 그 시절이 정말 좋고 행복했다. 지금도 열심히 직장에 다니고 있다. 지금도 월급타면 용돈을 준다. 받을 때는 얼마나 고생했을까 하는 생각이 든다. 아침에 일찍 일어나서 나가고 비 올 때 나가면 짠하기도 한데 월급 받아 용돈 주면 기분은 좋다.

돈

돈은 보기만 해도 보기 좋다. 내가 돈이 있다면 장애인이 제일 먼저 생각난다. 장애 가진 어린이들 도와주고 싶다. 그리고 앞 못 보는 시각장애인도 도와주고 싶다. 세상에는 돈 많은 사람도 많다. 그래도 없는 사람들이 더 많이 도와준다. 있는 사람은 하나라도 더 모으려고 한다. 그러나 돈은 써야 돌아온다. 무엇이든 모아두면 곰팡이가 난다. 흥부 놀부를 보면 많이 베푸는 게 복을 받는다는 생각이 든다.

어린 선생님

서로를 사랑하며 살자 다 같이 얼굴보며 웃으며
지나간 옛이야기하며
서로를 아껴주고

안아주고 나보다 부족한 사람 도와주고
이해하고 다시 한 번 돌아보고
웃으며 살아요.

등교

  나는 오늘 청춘학교에 왔다 하니깐 공부를 마치고 그
림을 그렸다.
  그림 시간이 재미있었다 하지만 그림을 그렸는데
마음대로 되지 않았다.

  다음에는 더 잘 그려야지 생각했다.

고구마

보라색 껍질 속 노오란 고구마
쩝쩝 먹으면 달달한 고구마

켁켁 목이 막혀도 물을 먹으면
다시 냠냠 아니 벌써
다 먹었네

방귀가 뿌웅 하는 소화에 좋은 고구마

나는 이런 사람이다 외4

김영식

나는 누가 뭐라해도 나는 나일 뿐이다.
세상에서 제일 느린 사람
걸음도 느리고 무슨 일을 해도 느리다.
달팽이처럼 느려도 그래도 여기까지 잘 살아왔다.
지금은 제일 행복한 나다.

친정 나들이

나이가 들어도 친정 가는 길은 즐겁다.

95세 큰오빠와 막내 75세

오 남매 중 이제는 91세 둘째 오빠와 막내 75세인 나만 남았다.

이제 몇 번이나 보겠나 싶어 오빠를 뵈러 갔다.

오빠가 무척 반가워 하신다. 조카며느리한테 점심 대접도 잘 받고 용돈도 받았다.

텃밭에 가서 상추도 뜯고 쑥갓도 뜯고 시골 체험도 했다.

재미있었다. 돌아오는 길이 행복했다.

나이가 들어도 친정은 좋은 것이여!

나의 어린시절 이야기

나는 그 당시 깡촌에서 살았다. 지금은 번화하여 차도 엄청 많다.

엄마는 42세로 난 막내로 태어났다. 나는 올케가 항상 밥을 해주었다.

그런데 어린시절 초등학교 다닐 때는 점심 도시락을 잘 못 싸갔다.

그래도 나는 그 시절 고삐 풀린 망아지처럼

점심시간이면 운동장에 나와

친구들과 고무줄 사방치기를 하고 놀았다.

정말 재미있었다.

집에 돌아오면 밭으로 논으로 엄마 따라 다녔다.

봄이면 쑥떡 여름이면 감자, 옥수수, 찐빵,

가을 겨울이면 고구마를 항상 올케가 해주었다.

지금 생각하면 올케한테 무척 미안하다.

철이 없어 당시에는 올케를 도와줄 줄도 몰랐다.

그런데 이제는 도와주고 싶어도 올케가 지금 없다.

다시 그 시절로 갈 수 있다면 나는 가고 싶다.

엄마가 보고 싶다. 엄마 품이 그리워 눈물 난다.

우물 안 개구리

나는 우물 안에서 살았다. 우물 안에서 빼꼼히 하늘을
쳐다보면
동그란 하늘만 보여서 세상이 작은 것으로 생각했다.

그러다 실수를 하여 우물 밖으로 튀어 올라오니
와 이렇게 세상이 큰 줄 몰랐다.

이 큰 세상에서 이제는 공부도 하고 마음껏 즐기고 있
다.
우리 위 세대 엄마들은 힘들게 사셨다.

불 때서 밥하고 샘도 대문 밖에 있어
물동이로 물지게로 길어다 먹었다.
지금은 집안에 수도꼭지가 여기저기 편리하게 있고
전기불이며 전기밥솥, 세탁기,
그리고 휴대폰까지 식구수 대로 있다.

이 엄청난 변화 속에서

나도 조금 살 수 있는 이날들이 있어
나는 무척 만족 행복하다.

조금 더 건강하게 살아보련다.

수도꼭지

우리집 수도꼭지는 삼백육십오일 일을 한다.
수도꼭지 밑에 큰 고무통을 받쳐 놓고
수도꼭지를 조금 틀어 놓으면 수돗물이 똑똑
떨어지면서 어느새 한 통이 되지요.

그 물로 세수도 하고 빨래도, 화장실에 물도 붓고
그러다 보면 물값이 얼마 되지는 않게 조금 아껴 지지
요.

수자원공사 사장님이 물을 아끼는 것을 안다면
벌을 줄지 상을 줄지는 모르지만
우리집에서는 물을 많이 아끼지요.

수도꼭지야 힘들다고 고장나지 말고
나하고 오래오래 같이 살아가자 알았지?

나는 이런 사람이다

김경수

내 마음에 지금 봄이 온 것 같다. 봄에 피는 꽃들을 보면
아름다운 자연을 선물로 주신 하나님께 감사를 한다.

일주일에 한 번씩 노인분들을 위해서 봉사를 하는데
할아버지 할머니들을 만나면 늘 기쁘고 행복하다.

5월 18일 일기 외7

도중은

오늘은 길을 잃은 나그네가 되어 갈 길을 잃고 있다가 갈 곳을 찾아서 버스에 몸을 실고 가다보니 청춘학교 문 앞이었다.

공부를 하고 보니, 열심히 해서 검정고시 시험에 합격을 하고 그 서류를 보여 들어도 그이는 말씀이 없으시네 나는 또 눈물이 난다.

또 잘하면 되겠지, 열심히 해야겠지.

나의 어린시절

어린시절에 시골에서 농사를 짓고 부모님과 농사를 짓던 생각이 난다. 밤이 되었는데 비가 올까봐 논에 물을 보고 오라고 하시어 부모님 말씀에 나는 그 깜깜한 밤에 혼자 까만 어둠을 헤치고 가던, 그 옛날 나는 혼자서 무서웠던 어린시절이 생각이 난다. 여자인 나를 우리 부모님은 시험하신 것 같다. 나는 개울가에서 새우며 미꾸라지 잡아서 보글보글 끓여 먹던 생각이 나 그 시절이 그립기도 하다. 지난날 뒷동산에 올라가 썰매 타고 놀던 친구들 생각에 그립다.

그리운 친정엄마

고향이 얼마나 멀고 먼지 가깝고도 먼 내 고향, 밤하늘을 바라보면 부모님 생각이 나네.

오늘도 눈물 짓는 은이는 지금도 부모님께서 나를 얼마나 사랑하시었을까 생각하며 부모님 보고 싶어도 볼 수가 없네. 아 생각만 해도 눈물이 난다.

언제나 또 만날까? 그리운 부모님 고향 산천 밤하늘 달님이여. 우리 부모님 잘 비춰주오. 꿈에라도 볼 수 있게 해주오. 부모님. 사랑합니다. 안녕히 계세요.

그리운 고향

산골 첩첩산중 내 고향 시골길

별들이 반짝이고 벌레들 귀뚜라미 슬피 울던 내 고향

산천에 봄이 오면 개울가에 가재 잡던

개구리는 목청 높이 개굴개굴 슬피 울어 대던 고향

시골 밤하늘 별들이 반짝이고

개구리는 밤새 개굴개굴 울던 시골 마당에

멍석 깔고 누워 밤하늘을 바라보며 반짝이는 별들

별똥별 떨어질 때 자기 앞에 떨어질까

　깔깔 대던 친구도 오늘은 추억에 잠겨 노래를 불러본
다.

　세월은 정말 그때가 좋았지.

지금도 감상에 빠져 그때를 생각해 봅니다.

그 시절 그때엔

들에 핀 노란 배추꽃 불태운 논둑에
삐죽히 올라온 삐삐
부드럽고 달작지근한 맛

통통하게 올라오는 찌레새
떫은 맛과 어우러진 풋내음
소나무에 달려있는 솔꽃,

송진향과 어우러진 달콤함
물이 있는 논에는 우렁이
검정 고무신에 담고 좋아라
짤랑짤랑 우렁이
머리에 이고 돌아오는 길

가을

가을은 연인들의 계절 곱디곱게 물든 단풍잎들
도로 위에 떨어져 나뒹굴 때면
연인들은 어린아이가 된다.

낙엽을 눈처럼 날리며 기뻐하고
강아지처럼 뛰논다.

나도 어느새 가을 연인이 된다.

5월 11일 봄

봄봄, 봄이 왔어요,봄이면 꽃들이 만발하는 계절.
진달래꽃이 연산홍꽃이 라일락 꽃들이
자랑하듯이 활짝 웃어 주고
나비들은 훨훨 날아들고
연인들은 쌍쌍이 꽃을 찾아 즐깁니다.

시골 가는 길

내가 어려서 공부할 기회가 있었지만 학교에 가기가
싫어서 가지 않았지

그리고 농사에 취미가 있어서 재미가 있어서 농사를
짓고 살다보니
공부가 하고 싶어져서 늦깍이 공부를 시작하게 되었지
이곳 청춘학교까지 오게 되었지

공부가 재미는 있는데 왜 이리 힘이 드는지
하나가 들어가면 둘이 어깨동무하고 나간다

그래도 열심히 해서 검정고시 시험을 볼까 합니다
응원해 주세요

청춘야학
『삐뚤빼뚤 가갸거겨 인생』에 부쳐

박재홍 | 시인 · 《문학마당》 발행인 겸 주간

유협의 문심조룡 原道第一에 첫 문구다. "文之爲德也
大矣(문지위덕야대의) : 문의 덕됨은 크다."라고 말하며
"與天地竝生者何哉(여천지병생자하재) : 그것이 천지와 함
께 난 것은 어째서인가"라고 되묻는다.

금번 〈장애인인식개선오늘〉의 '장애인창작집 발간지
원사업' 중 동인작품집으로는 청춘학교의 『삐뚤빼뚤 가
갸거겨 인생』 韻文編(운문편)이 선정되었다. 靑春學校(청
춘학교 교장 전성하)는 대전광역시에 교육장을 두고 있는
지역노인을 대상으로 문해교육을 실시하는 곳이다.

그만둘라고 했는데 한자 한자 한글공부

배우는 게 행복해요

친절한 선생님들 최고예요
계속 다니고 싶어요

성경책만 읽으면 그만둘라고 했는데

재미있고 용기 나고
중학교 고등학교까지
배우고 싶어요
—「청춘학교 검정고시반」 전문

  평생 삶의 회환으로 삼은 채 중도 포기했던 학업을 잇지 못한 설움을 견디며 세월의 능선을 넘어 버린 고령의 시인이 문해교육을 통해 '성경책'만 읽으면 그만 둘려고 했는데 스스로 늦지 않은 마지막 열정을 발견하는 청춘학교 학생의 모습이 돋보이며 시는 이미 인생을 살아온 시인의 골육이 쓴 시라고 할 수 있겠다.

나는 금요시장을 본다 슈퍼마켓보다 금요장을 이용한다.
왜냐하면 과일이며 주로 채소가 싱싱하기 때문이다.

꽁치가 7마리에 5000원, 갈치가 2마리가 15000원,

고등어 한 손에 7000원이면 살 수 있다.

나는 꽁치 갈치 고등어를 샀다.

야채는 상추 열무 얼갈이도 사고 돼지고기도
두 근 사가지고 집에 와서
저녁 반찬을 만들어 남편과 저녁밥을 맛있게 먹었다.

나는 다음 금요장날이 기다려진다.
―「금요장터」전문

문학의 진정한 덕이 보이는 작품이다. 시의 근원이 치
유와 소통적 기능에서 본다면 시인이 본 금요장터의 모
습은 자신의 작은 내면에서 오는 만족과 회환에서 빚어
지는 상처에 대한 치유다.

몸만 안 아프면 해야지 하며, 인제 배웠는데 암것도 모르
는데
그래서 더 열심히 배워야지.

엄마 주무셔야지요 하고
치매 걸린다고
우리 딸이 10시면 불을 끄는데

일어나면 공부해야지.

눈은 침침해도
계속 몸만 안 아프면 해야지.
—「공부」전문

　늦게 배운 공부가 무섭다는 생각이 들 정도로 열정이
느껴지며 자녀들과 같이 나누는 대화 자체가 해프닝처럼
위트가 넘친다.

어머니의 된장이 맛있어요.
고추장이 맛있어요.

우리 어머니 손맛이 좋았다.

어머니 보고 싶다.
—「어머니 장독대」전문

　누가 이 시를 보며 고령의 시인의 그리움이 글로 표현
되었다고 볼 수 있을까?

모든 걸 읽고 쓰고 하면
좋겠다 편지도 쓰고 싶고

애들한테 안부를

전해보고 싶다

— 「공부를 잘해서」 전문

문해교육의 절대적 가치 혹은 글을 통해 보여지는 스
스로의 생각의 구현이 보여주지만 모든 것은 내리사랑에
초점이 맞춰져 그 스스로 자신을 향한 사랑을 갖기를 바
라는 마음도 생겼다.

농사짓는 사람 옛날에는 몸으로 했는데

지금은 기계로 해서

덜 힘들지만 그래도

지금 사람들은

힘들다고 하니,

모를 일이다.

— 「농사」 전문

배우기를 잘했다.

가난해서 못 가르쳤나 여자라서 안 가르쳤나

답답하게 살았구나,

나는

―「늦었지만 이제라도」전문

옛날 일이 생각난다.

물건을 사서 맡겨놨다가 도둑맞은 일,
버스에 물건을 두고 온 일,
지금은 다 지난
그리운 일이 되었다.
―「시장에 가면」전문

　모든 수동적이던 행위자체가 시 속에서 능동적으로 바
뀌게 되었다. 문학의 위대한 덕이 바로 그것이다.

새참 이고 가시는 어머니
나리꽃이 예뻐
꽃을 따달라 졸랐다
―「나리꽃」전문

　한 편의 시가 이렇게 가슴을 촉촉하게 작동되는 것이
없을 것이다. 똬리 줄을 물고 어머니는 새참을 이고 가시
고 나는 따라 가며 나리꽃이 예뻐 따달라는 모습이 그대
로 그려지는 군더덕이 없는 환상적인 시적 작용이 느껴
진다.

모심을 때 새참 가지고 갈 때 그릇 모자라
감나무 잎사귀 그릇에
반찬 담았던 생각이 난다.
　—「농사」전문

　삶에서 유전되는 정서적 작용의 시각적 효과를 가장
문학적으로 드러내는 군더덕이 없는 시 한 편을 볼 수 있
는 것이다.

다달이 고지서도 잘 보고
은행 가서 돈도 찾고 자신감이 생기면
며느리 보기가 더 떳떳할 것 같다.

손주들과 문자도 하고 싶다.
　—「야학 댕기고 나서」전문

　문학이 주는 치유의 효과를 넘어서 효용적 가치의 일
상생활의 소통이 희망과 바람을 만들었다. 이제는 삶속
에서 즐기며 다가서는 새로운 환영의 생태를 조성할 필
요가 있다. 고령화 사회비전이 바로 그것이다.

꽃은 피고 지고 내 젊은 청춘은
어디로 가고 칠순이 되었구나

때늦은 나이에 공부를 하려보니
머릿속은 깜깜 생각이 안 나구나

답답함은 잠시 뿐 학우들과 배움도
즐겁게 웃고 놀고 혼자 아닌 함께라서
하루가 재밌구나

하루에 한 자씩 배우려는 내 마음
대견하구나 기특하구나
내 나이 칠십에
청춘이 되었구나
—「청춘이 되었구나」 전문

당당하지 못했다 몸은 아픈데 병원 가서
쓸 수도 없었다

창피했다

글 많이 배워서 건강검진 때
잘 써 내고 싶다
—「배우지 못해서」 전문

세 번이나 죽으려고 했었다.

장사하는데 돈이 없어서 윗돌 빼서 아랫돌 괴고
아랫돌 빼서 윗돌 괴고 살았다.

이제 공부하면서 좋은 점 있다면
자신감이 생겨서 참 좋다.

모든 세상의 것들이 밝아보였다.
삶의 의미를 알 수 있었다.
　　―「너무 힘이 들어서」 전문

　금번 작품집은 이러한 심경의 문학적 가치를 '치유적
개념'에서 유용하게 타인에게 전달되어 작은 희망이 되
고 있다는 점이다. 마음의 절박함이 생명의 선택적 상황
으로 내몰리고 이와 같은 상황에서 긍정적 삶을 다시 반
추시키며 다시 시작하게 하는 희망 그것이 바로 이책의
妙味(묘미)라고 할 수 있다.

가을은 연인들의 계절 곱디곱게 물든 단풍잎들
도로 위에 떨어져 나뒹굴 때면
연인들은 어린아이가 된다.

낙엽을 눈처럼 날리며 기뻐하고
강아지처럼 뛰논다.

나도 어느새 가을 연인이 된다.
　　　—「가을」 전문

　황혼의 마지막 노을을 걷는 이들의 마음에도 청춘과
이성에 관한 가슴 뛰는 전경이 필요할 때도 있고,

　봄바람이 살랑살랑 넘노는 산언덕에
　찔레꽃이 송이송이 눈을 틉니다.

　벌 나비가 입맞추자고 너훌너훌
　춤을 추며 날아옵니다.
　　　—「하얀 찔레꽃」 전문

　소녀 같은 시심이 돋보이는 작품이다. 인생의 황혼이
들 때 그 홍건한 노을 속에 마을마다 불콰한 막걸리 냄새
처럼 바람 불 때마다 하얀 속살을 드러내는 찔레꽃이 그
려진다.

　잠이 안 온다 그래서 창가를 보면 꽃잎이 보인다.

　우리집 창가에 아른거리는 꽃잎 사이로
　이름 모를 나비 한 마리가 꽃잎 화분에 앉아 나를 보고
　날개를 흔들며 방긋방긋 웃는다.

그런데 왜 갑자기 눈물이 날까

어쩌면 하늘나라 그이가 나비가 되어 공부하기 힘들지
나를 위로하러 온 거 같다.

길자가 꽃이 되다니 세상에 그런 꽃은 처음입니다.
　　　　　　　　　　　　　　　—「불면」 전문

　금슬 좋은 부부의 새로운 모습으로 만나지는 것은 시
가 아니면 그리고 문학이 아니면 만나지기 어려운 풍광
이고 새로운 삶의 응원가 같은 것일 것이다. 다음 작품은
失笑(실소)를 금치 못하게 하는 시 두어 편이다.

아침에 쌓았다가 저녁에 열어보면 빈 창고
낑낑대고 만들어서 어렵게 들여놓으면
다음날 도망가고 없는 글 창고
　　　　　　　　　　　　　　　—「글 창고」 전문

오늘은 한글 공부하는 날 선생님과 친구들 웃음소리로
시끌벅적 해지네

저녁을 저년이라 쓰고 호호호 참새를 촉새라 쓰고 하하하
고사리를 고살리라 쓰고 해해해 너도 틀렸냐? 나도 틀렸

다.

우리 모두 틀렸으니 친구 맞구나 매화도 동백도 아닙니다.

그 무슨 꽃도 아닙니다. 소리가 꽃이 되었습니다.
신이 났습니다. 신바람이 났습니다.

온몸이 들썩거립니다. 가자 가자 가자 글 배우러 가자
꽃이 되어 가자. 씽씽가자 온 동네 사람들 꽃이 되었습니다.

온 동네 산천이 춤을 춥니다 노래하며 덩실덩실 춤을 춥니다.
　―「친구」 전문

가난한 집에 태어나 엄마마저 일찍 돌아가시고 새엄마가 오셨다. 새엄마가 낳은 동생 업어 키우느라 나는 학교를 못 갔다.

다른 친구들은 학교에 다 갔는데 나만 못 갔다. 나는 친구들이 학교 갔다 오는 길에 마주치면 괜시리 골목 뒤로 숨었다. 지금 생각해보니 그때는 학교 못간 게 참 부끄러웠다.

― 「나의 어린시절」 전문

나이가 들어도 친정 가는 길은 즐겁다.
95세 큰오빠와 막내 75세
오 남매 중 이제는 91세 둘째 오빠와 막내 75세인 나만
남았다.
이제 몇 번이나 보겠나 싶어 오빠를 뵈러 갔다.

오빠가 무척 반가워하신다. 조카며느리한테 점심 대접도
잘 받고 용돈도 받았다.
텃밭에 가서 상추도 뜯고 쑥갓도 뜯고 시골 체험도 했다.
재미있었다. 돌아오는 길이 행복했다.
나이가 들어도 친정은 좋은 것이여
― 「친정 나들이」 전문

들에 핀 노란 배추꽃 불태운 논둑에
삐죽히 올라온 삐삐
부드럽고 달작지근한 맛

통통하게 올라오는 찌레새
떫은 맛과 어우러진 풋내음
소나무에 달려있는 솔꽃,

송진향과 어우러진 달콤함
물이 있는 논에는 우렁이
검정 고무신에 담고 좋아라
짤랑짤랑 우렁이
머리에 이고 돌아오는 길
―「그 시절 그때엔」 전문

삶의 윤택함을 생각해 보면 그것은 돈도 아니고 일상
생활의 빈궁도 아니다. 결국 회환을 돌이키고 유년의 해
결되지 않은 스스로의 내면에 기인한 반추가 그것이다.
30여 명의 작가들이 참여했고, 그 낱낱의 시편 하나하나
가 귀하지 않은 것이 없다.

장애인과 노인의 삶의 무게도 가볍지는 않은 것이다.
그것이 삶을 이끌어가는 희망을 붙잡을 때 가능한 얘기
다. 이러한 소시민들과 소외계층들의 새로운 희망을 찾
아내는 것이 문해교육의 효용적 가치가 아닐까 싶다.

참여한 모든 장애 비장애 시인들에게 진심으로 경의를
표한다.